春 漢詩를 만나다

舒談 徐載設 漢詩集

春, 漢詩를 만나다

초판1쇄 인쇄 2023년 9월 20일
초판1쇄 발행 2023년 9월 25일

지은이   舒談 徐載設
만든이   박찬순
만든곳   예술의숲
         등록 2002. 4. 25.(제25100−2007−37호)
         주   소 · 충청북도 청주시 상당구 교서로2
         전   화 · 070−8838−2475
         휴 대 폰 · 010−5467−4774
         이 메 일 · cjpoem@hanmail.net

春
漢詩를 만나다

舒談 徐載設 漢詩集

예술의숲

漢詩集을 내며

春 : 봄기운과 연관이 되는 漢詩
夏 : 여름과 관련이 되는 漢詩
秋 : 가을 기운과 연관이 되는 漢詩
冬 : 겨울 기운과 관련이 되는 漢詩

漢詩集을 내며 漢詩는 表音文字로 의미가 있고, 울림이 있고 마음에 와 닿는다.

詩는 表音文字로 意味를 찾으려면 時間이 꽤나 걸린다. 漢詩가 깊이 思有하고 사색을 하지만 現時代에는 漢詩 한 편을 썼을 때 詩와 비교해서 무시당하고 있다. 심지어는 서점가에서 거의 사라질 것을 두려워하는 시대가 됐다. 그래서 이번에 漢詩集을 出版해 여러 사람이 책을 널리 읽고 낭송해 주길 기대하면서 책을 펴내는 동기가 되었다.

2023년 8월 1일
지은이 舒談 徐載設

추천의 글

　대개의 추천서는 저자가 가르친 선생이나 교수 등 저자보다 학문적으로 깊거나 넓은 경우가 대부분이다. 그래서 나는 이 漢詩集에 대한 추천서를 부탁받았을 때 단호히 거절하였다. 나는 저자와 고등학교와 대학을 같이 다녔지만 그 이후 학문을 할 처지가 아니었고 특히 한시에 대해서는 사실상 문외한이기 때문이다. 그런데도 내가 이 추천서를 쓰는 이유는 아주 단순하다. 내가 비록 한시는 모르더라도 70이 가까운 나이에 한글 시도 아닌 거의 사라져가는 한시를 독학으로 써낸 저자의 역경과 고난을 속속들이 알 수 있는 위치에 있기 때문이다.

　저자는 자기가 생각하는 올곧은 방향에 대해서는 어떤 비난도 감수하고 부딪히고 이루어내는 집념이 대단하다. 그 과정에서 저자가 가정과 직장에서 겪은 어려움을 돌파하는 과정도 지켜볼 수 있었고 바로 작년에는 위암이 발견되어 수술을 받았는데도 불구하고 시집을 출판하는 것에 경외감마저 느꼈던 것이다. 저자는 지금도 중국어를 공부하고 불교 경전을 사경하고 있다. 그러기에 이 漢詩集은 한문을 표현한 것이라기보다 저자의 삶의 여정을 녹여낸 것이라고 보기에 감히 추천의 글을 쓴다. 이 글을 읽는 독자는 한 글자 한 글자에서 저자의 인생의 발자취를 느낄 것이라고 믿는다.

저자의 오랜 친구 김우표

◈ 차 례 ◈

1부. 將進酒

2부. 山中問答

3부. 영원한 것은 없다

4부. 백원서원

1부. 將進酒

無掛

春百花秋月　　夏涼風冬雪
無閑掛心頭　　人世好時節

무쾌

봄에는 온갖 꽃들이 만발하고
가을에는 밝은 달빛이 있고
여름에는 시원한 바람이 불고
겨울에는 새하얀 눈이 아름답다

만약 부질없는 일을
마음에 담아두지 않으면
그것이 곧 인간 세상의
좋은 시절인 것을

財上平如水
人中直似衡
舒談 徐載設

酒和茶

茶與以酒　　酒亡以茶
迎接客茶　　接待客酒

술과 차

차는 술을 불러들이고
술은 차로서 해독된다.

차로써 손님을 맞이하고
술로써 손님을 접대한다.

放下着

自由時大要我　　脫離了帶上投兮
沒絆網子兮要風　犬公將軍要我兮
似地下的流着水　閑還無上下終我
錢貪欲都放下着　如水女風而終我

방하착

에마 자유 시대 나를 보고
옭아매진 굴레 훌훌 벗어 던지고
그물에 걸리지 않는 바람처럼 살라하네

견공 장군이 나를 보고
땅속의 고요히 흐르는 물처럼
위아래 없이 살다가 가라하네

돈 명예 욕심 모두 내려놓고
물처럼 바람처럼 살다가 가라하네

寺家

有影庭前竹　　風聲檻外松
禪窓明月路　　閑數上房鐘

사가

뜰 앞에 대나무 그림자요
난간 밖에는 소나무 바람소리

선창에 휘영청 밝은 달
한가한 절집에는 은은한
종소리뿐

其身正不令而行
舒談 徐載設

作主

立處階眞　隨處作主

작주

서 있는 곳마다 참되나니
가는 곳마다 주인이 되라

心造

心如工畫師　造種種五陰
一切世間中　無不從心造

심조

마음은 그림을 그리는 화가와 같아서
여러 가지 오음을 만들어 내나니
일체의 세간 가운데에는
마음 따라 만들어지지 않음이 없네

常樂我淨

常住法界本我家　　樂源三界是我庭
我是性光貫三際　　淨如明鏡節親疎

상락아정

진리인 상주 법계가 본래의 나의 집이요, 열반
낙원과 삼계 고해 역시 내가 노는 뜰이어라

나의 참 성품의 빛은 삼제를 관통 해버리니 맑
기가 거울과 같아 친함과 미움이 끊어졌네

財上平如水
人中直似衡
舒談徐載設

竹

竹影掃階塵不動　　月輪穿沼水無浪

죽

대나무 그림자가 섬돌을 쓸어도 티끌은 일지 않
고 달이 물밑을 뚫어도 물결은 치지 않네

대나무는 그 근본이 견고함으로써 덕을 심는다
대나무는 성품이 곧으니 그 곧음으로써 몸을 세
운다

대나무는 마음이 비어 있으니 그 빔(空)으로써
도를 본받는다

대나무는 정절이 있으니 그 정절로써 뜻을 세운
다. 그러므로 군자는 대나무를 심는다

대나무는 비움의 덕이 있음으로써 내 벗을 삼고
물은 나의 성품을 맑게 할 수 있음으로써 내 스
승으로 삼는다

空手來 空手去

生從河處來　　死向何處去
生也一片浮雲起　死也一片浮滅
浮雲自體本無實　生死去來亦如然
獨有一物常獨露　湛然不隨於生死

공수래 공수거

텅 빈 손으로 왔다가 텅 빈 손으로 가는 인생이여
날 때는 어느 곳으로부터 왔고
갈 때는 어느 곳을 향하여 가는가?

태어남은 한 조각구름이 일어남과 같고
죽는 것은 한 조각구름이 사라짐과 같네

뜬 구름 자체는 실다움이 없어
나고 죽음도 또한 이와 같도다

그러나 여기 한 물건이 항상 홀로 드러나
담연히 생사를 따르지 않는다네

覓牛

可笑騎牛者　　騎牛更覓牛
斫來無影樹　　燋盡水中漚

멱우

가히 우습구나
소를 타고 있는 자여

소를 타고 다시 소를 찾는구나

그림자 없는 나무를 베어다가
물 가운데 거품을 태워 다 할지니라

口身

口是禍門必加嚴守
身乃災本不應輕動

구신

입이란 재앙을 불러들이는 문이여라
반드시 더욱 엄하게 지키고

몸은 재앙의 근본이 되는 것이니
응당 가벼이 움직이지 말라

一念

莫掃心外塵　　煩惱是大塵
一念不生處　　大地如琉璃

일념

마음 밖의 먼지를 쓸려 하지 마라

더 큰 먼지는 번뇌와 망상이다
아무 생각도 내지 않으면
이 땅이 유리와 같이 맑기리라

好時節

春有百花秋有月　夏有凉風冬有雪
若無閑事掛心頭　京是人間好時節

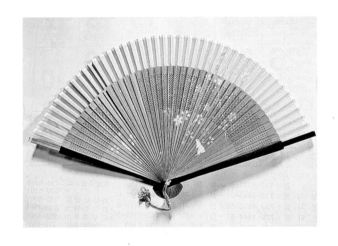

호시절

봄에는 백화가 만발하고
가을에는 달빛이 아름답네

여름에는 시원한 바람이 좋고
겨울에는 백설이 가득하네

만약 쓸데없는 일에 마음
빼앗기지 않는다면

바로 이것이 인간사에
호시절이라네

是是非非 山山水水

是是非非都放下　山山水水任自閑
莫問濟州貪漢國　白雲斷處有靑山

시시비비 산산수수

옳은 것은 옳은 대로
그른 것은 그른 대로

모두 내려놓고
산은 산대로 물은 물대로

그렇게 한가로운 대로
맡겨두라

무엇 때문에 제주의 탐라국을
묻는 것인가?

흰 구름 걷히면
청산인 것을

解脫

覺心理事平等是佛　　隨大方廣佛華嚴
心爲宗萬法根源　　若覺得槃若智慧
成就慧身見性佛　　一切衆生淸靜心
這介卽是解脫問

해탈

마음과 이치의 평등함을
깨우친 자 부처로다

대방광화엄경에 따르면
반야의 지혜를 얻어
깨닫고자 한나면
만법의 근원인 마음을
진리로 삼아야한다

일체법이 마음의 자성임을 알아
혜신을 성치하여 견성하면 곧 부처일세

일체중생 모두 청정심을 얻느니라
이것이 곧 해탈이니라

如來

法性圓融無二相　　諸法不動本來寂
生死涅槃常共和　　破息妄想心不得
窮坐實際中道床　　舊來不動名爲佛

부처

법의 성품은
원융하여 두 모습이
본래 없고

모든 법은 고요하여
움직이지 아니하니
진여의 세계로다

생사 열반이 항상
공존하는데
헛된 집착을 끊지 않고서는
얻을 수 없네

마침내 실다운 진리의
세계인 중도의 자리에 앉았으니

옛부터 변함없는
그 이름 부처로다

心

若以色見我 　以音聲求我
是人行邪道 　不能見眞心

우정은 산길과 같아서
오고 가지않으면
잡초가 우거져
길이 없어 집니다.
우리가 매일 볼수는 없어도
카톡으로 안부를 나눌수
있어 감사합니다.
늘 즐겁고 행복 하세요♥

마음

만약 형상으로
나를 보거나
음성으로 나를
찾는다면
이 사람은 삿된 도를
행하는 것이니
진실한 마음을
볼 수 없느리라

欲言言不及

幽鳥語如篁　柳搖金線長
雲歸山谷靜　風送杏花香
永日蕭然座　澄言言不及
林下好商量

욕언언부급

말을 하려 하여도
말로서는 다 못하리

숲속의 새소리는
피리처럼 지저귀고
늘어진 버들가지
금실같이 흔들리네

구름이 돌아가니
금실같이 흔들리네

구름이 돌아가니
산은 더욱 고요한데
살구꽃 향기는
바람결에 묻어온다

온종일 한자리에
말없이 앉았으니
마음은 맑아지고
온갖 생각 사라진다

맑게 말을 하려 해도
말로서는 다 못하니
숲속에 앉아서
생각을 잘 해보게

將進酒

親舊將進酒杯莫停
一盃一杯復一盃
與君歌一曲　會須一飲三百盃
我醉欲眠君且去
明天要來挈一壺酒來

장진주

친구야 술 들어라
잔 멈추지 마시고

한 잔 한 잔
또 한 잔이오

난 그대를 위해
한 곡조
읊으리라

모름지기 한번 마셨다
하면 3백 잔이요
내가 취했으니 당신은 가시오

내일 생각이 있으면
술 한 주전자 갖고 오시오

2부. 山中問答

五戒

不要殺生要保指慈悲心
不要盜敵疾要做報德
不要邪陰要修淸淨心
不要妄語要說出眞實
不要飮酒要培養智慧

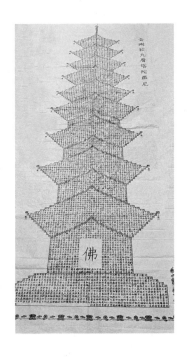

오계

살생하지 아니하고 자비심을 가지리라
투도하지 아니하고 보덕을 지으라
사음하지 아니하고 청정행을 닦으리라
망어하지 아니하고 진실을 말하리라
음주하지 아니하고 지혜를 키우리라

錢

財上平如水　　人中直似野
苑后維多金　　生前一樣酒

돈

재물은 아무리 많이 모으고 쌓아도
그 上限은 높아지지 않고
물과 같이 평평하다

溫暖朋友

飮酒朋友千個有　　病死執朋一個無
花時給我倒杯酒　　有几个朋会流泪
暫時休息的人生　　珍貴人老年朋友

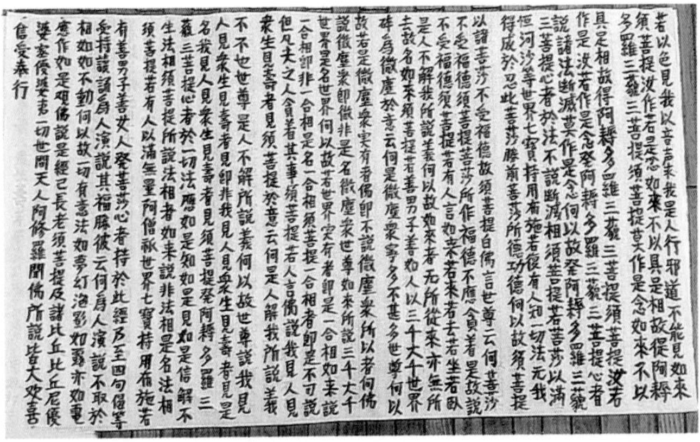
若以色見我以音声求我是人行邪道不能見如来
須菩提汝作若是念如來不以具是相故得阿耨
多羅三藐三菩提須菩提莫作是念如來不以
具是相故得阿耨多羅三藐三菩提須菩提汝若
作是汝若作是念發阿耨多羅三藐三菩提心者
說諸法斷滅莫作是念何以故發阿耨多羅三藐
三菩提心者於法不說斷滅相須菩提若菩薩以滿
恒河沙等世界七寶持用布施若復有人知一切法无我
得成於忍此菩薩勝前菩薩所得功德何以故須菩提
以諸菩薩不受福德故須菩提白佛言世尊云何菩薩
不受福德須菩提菩薩所作福德不應貪着是故說
不受福德須菩提若有人言如來若來若去若坐若臥
是人不解我所說義何以故如來者无所從來亦無所
去故名如來須菩提若善男子善女人以三千大千世界
碎為微塵於意云何是微塵衆寧多不甚多世尊何以
故若是微塵衆實有者佛即不說微塵衆所以者何佛
說微塵衆即微非是名微塵衆世尊如來所說三千大千
世界是名世界何以故若世界實有者即是一合相如來說
一合相即非一合相是名一合相須菩提一合相者即是不可說
但凡夫之人貪着其事須菩提若人言佛說我見人見
衆生見壽者見須菩提於意云何是人解我所說義
不不世尊是人不解所說義何以故世尊說我見
人見衆生見壽者見即非我見人見衆生見壽者見是
名我見人見衆生見壽者見須菩提發阿耨多羅三
藐三菩提心者於一切法應如是知如是見如是信解不
生法相須菩提所說法相者如來說非法相是名法相
須菩提若有人以滿無量阿僧祇世界七寶持用布施若
有善男子善女人發菩薩心者持於此經乃至四句偈等
受持讀誦為人演說其福勝彼云何為人演說不取於
相如如不動何以故一切有為法如夢幻泡影如露亦如電
應作如是觀佛說是經已長老須菩提及諸比丘比丘尼優
婆塞優婆夷一切世間天人阿修羅聞佛所說皆大歡喜
信受奉行

온난붕우

술 마실 때 친구 수없이 많지만
병들고 죽었을 때 친구 하나 없구나.

죽었을 때 술 한 잔 따라 놓고
눈물 흘려줄 친구 과연 몇 명일까?

잠시 쉬었다 가는 人生
더욱 더 소중한 사람은
노년의 가슴 따뜻한 친구가 아닐까?

歲月不等

兩條腿正常時候　　勤快地走道路
双眼清净的時候　　多看美麗的東西
兩耳時候好听的聲　　兩手能动的時候
会做很多東西吧　　歲岁月不等我很久

세월불등

두 다리 멀쩡할 때 열심히 걷고
두 눈 맑을 때 아름다운 것 많이 보고
두 귀 잘 들릴 때 좋은 소리 많이 듣고
두 손 잘 움직일 때 많은 것 많이 만들어라

세월은 우리들을 오랫동안
기다려 주지 않는다.

橘和白馬

鸡叫狗咬院花　　皎洁月桂橘树上
橘树馬跑哼跑着
當外树飛不知鳥　　橘树黄澄澄成熟

귤화백마

닭이 꼬꼬댁 울고
개가 멍멍 짖고

뜰에는 야생화가 피는데
귤나무에 휘영청
둥근달이 걸려 있구나

창밖의 나무에는 이름 모를 새들이
지지배배 지저귀고 있고
귤나무 사이로 백말이 갈기를 휘날리며
히~힝 거리며 뛰어 오르고 있는데
뜰 밖에 귤나무에서 감귤이
노릇노릇 익어가고 있구나

名醫

旧远了
今天力想喝　　明天也想浸潤
彻头彻尾地　　想喝的癮

汉拿山册创造神
调查問卷台享找奶奶网

拿到了方子
聞到了松茸的气味而

深吸一口氣跟着做
戒酒了
戒酒了
完全断了

명의

옹내 되었다
오늘도 마시고 싶고
내일도 젖고 싶네
세상을 송두리째
마시고 싶은 중독
신을 찾아가
처방전을 받았다

산신령의 처방전엔
송이버섯 냄새가 났다

산신령의 처방전
숨을 크게 쉬고
따라 하거라
술 끊었다

술 끊어졌다
완전히 술 끊어졌다

幸福

想見人看着　　吃想吃食物
只做想做事　　通過放下来
通過放弃到　　以舍弃得到
快乐地生活就是幸福

행복

보고 싶은 사람
만나고

먹고 싶은 음식
먹고

하고 싶은 일만
하면서

포기하고
내려놓고
버림으로써
즐겁게 살면
그게 바로 행복입니다

黃昏自由

想睡就睡　　想笑就笑
想吃就吃　　随心所欲的自由

非焉得享　　不想工作就玩
不想玩就工作　不想停留就离用

不想离開停留
像風一样能活下去的幸福

非老何一尝　　苦了真好好幸福啊

황혼자유

자고 싶으면 자고
먹고 싶으면 먹고
웃고 싶으면 웃고
내 마음대로
할 수 있는 자유
늙음이 아니면
어찌 누릴 수 있으리오

일하기 싫으면 놀고
놀기 싫으면 일하고
머물기 싫으면 떠나고
떠나기 싫으면 머물고
바람처럼 살 수 있는 이 행복

늙음이 아니면 어찌 맛보리오

对酌

童子倒滿酒　　將進酒莫停
我與君歌曲　　與同销萬古愁

대작

동자야
술 가득 부어라

한잔 쭉 드시게
잔 꺾지 말고
드시게나

난 그대를 위해
한 곡조 읊으리라

그대와 함께
만고의 시름
녹여나 보세

春

羞涩的春姑娘
在東門外地山茶树上

隐匿曾哼咽着哭泣的
坐轎子出嫁的日子的好

終于在衣带
那年春天也

花與金达菜一起
今年春天也

如期而至害羞
现在好像春天来了

春天氣息的
清格的春天

后家出嫁的日子

远远地望着長工
春姑娘创也

抹去了眼花迎
黃白菜花迎

高耸而起
足够过了元宵节

地露出了肌肤
荠菜和充满

想今大酱汤
像草棵一样綻放

봄

수줍던 봄 처녀
뒷집 순이 시집가는 날

동구 밖 동백나무 뒤에
숨어 흐느껴 울던
머슴아를 멀리서 바라다보며
가마 타고 시집가던 날
봄 처녀 순이도
물레방앗간에서 사랑을 고백했던
추억을 회상하며 그 해 봄도
노오란 배추꽃, 개나리, 진달래와 함께
우뚝 솟아올랐지, 금년 봄도

춘분 대보름을 지나서야
어김없이 찾아와
속살을 수줍게 내보였다

이제는 봄이 온 듯
냉이와 봄 향기 듬뿍 넣은 된장국
청국장이 그리운 봄이
풀포기처럼 피어났다

辛旧

酒食之友千個有
急难大朋一石無

不結子花休要種
無義之明不可交

直朋友住在附近
老亲越多越幸福

친구

잘나갈 때 친구는
수없이 많지만
어려울 때 친구는
하나도 없구나

열매를 맺지 않는
꽃은 심지도 말며
의리를 모르는 친구는
사귀지도 말라

진실한 친구
가까이서 살고
옛 친구 많으면
많을수록 행복하지 아니한가

春香傳

金樽美酒千人血
玉盤佳肴萬姓膏

燭淚落時民淚落
歌聲高處怨聲高

춘향전

금잔에 담긴 향기로운 술은
일천 백성의 피요

옥쟁반에 담긴 맛좋은 안주는
일만 백성의 기름이라

촛불 눈물 떨어질 때
백성 눈물 떨어지고
노래 소리 높은 곳에
백성들의 원망 소리 높았더라!

                            － 춘향전 중에서

山中問答

李白

問余何意栖碧山　　笑而不答心自閑
桃花流水杳然去　　別有天地非人間

산중문답

내게 왜 벽산에 사는가 물으니
웃으며 대답하지 않으나
마음이 한가롭네

복사꽃은 흐르는 물 따라
멀리 떠나가니 인간 세상이 아닌
또 다른 하늘 세상이라네

山居偶題

早梅方盛晚初開
鵑杏紛紛我来

莫道芳菲二十日
長留獲得別春回

산거우제

이른 매화는 한창이요.
늦은 매화는 갓 피었는데

진달래와 살구꽃은
어지러이 피어 나를 반기네

아름다운 꽃이
열흘을 넘기지 못한단 말은 하지 말라

향기 오래 머무니
또 다른 봄이 온 것 같네

般若生

但願道富人分　情陳德厚
以法為侶　　　以智商先　　用慈修身開我是務
爲法施主　　　匪法家風　　無問不從
有意疑咸決　　則覆佛行處　免費本心
妙行恒新　　　至道如在

반야의 삶

오직 도를 많이 닦고
사람은 가난하다며
인정(人情)은 멀리 하고
덕(德)은 두텁게 하며
바른 법으로 벗을 삼고
지혜로 최우선을 삼으며
자비를 실천하여 몸을 닦고
중생을 깨우쳐 주는데 힘써라

법을 베푸는 주인이 되어
가풍을 아기지 말며
묻지 않으면 쫓지 말고
의심이 있거든
모두 해결해 주기를 발원하라

禁酒

將進酒莫停　　戒酒了完全迷了
酒波綽盈愁　　酒一盃欲做

酒戒了　　　　完全迷了
断绝路推　五十年　幸福地度过人
第泽兰幕不是吗.

금주

술 들어라 끊지 말고
술 한 잔 하고 싶다

술의 파도가 요동치매
술잔에 근심이 그득 하더이다

술 한 잔 먹고 싶다
술 끊었다
완전히 술 끊었다

朋友

酒食之友千個有　　急莫之朋一個無
不結子花休要種　　無義之朋不可交
真朋友使在附近　　老親越多越幸福

배려

나이를 먹어도 언제나 밝은 얼굴
선한 인상으로 호감을 주는
사람이 있는가 하면
가만히 있어도 성깔이 있어 보이는
얼굴이 있습니다

얼굴은 그 사람이 어떻게 살아왔나를
말해 준다고 하더군요

따라서 좋은 얼굴을 만들기 위해
모두들 노력해야 하지 않을까요?

自性

君不見

絶學無爲閑道人　　不除忘想不求進

眞不立忘本空　　絶眞忘想是中道

자성

그대는 보지 못하였는가?
배움이 끊어진 하릴없는 한가한 도(道)인은

망상도 없애지 않고 참됨도 구하지 않으니

참됨도 서지 못하고 망상도 본래 공하다
됨과 망상이 완전히 끊어짐이 중도이어라

來不往

오지 말라고 해도 갈 판인데
오라고 요청가지 했는데 왜 안가겠는가?

瓜田不納履　　李下不整冠

외밭에서 신을 고쳐 신지 말고
오얏나무 아래에서 관을 고쳐 쓰지 말라

財上平如水　　人中眞似衡

재물은 아무리 많이 모으고 쌓아도
그 上限은 높지 않고

無汗不成　　曲肱之樂

땀을 흘리지 않고는 결코 성공할 수 없다
소박한 밥상에다 산속의 청량한 물마시고
팔 베고 누우니 그것이 바로 즐거움이구나

물과 같이 평평하다
분에 넘치는 재물은
옆으로 흘러넘친다

사람의 중심 되는 마음도
마땅히 저울처럼 곧아야 한다

海釣

都海等飛絶　碧波万頃滅
孤舟蓑笠翁　獨釣寒海雨
海水影漢拿　釣上來白鹿
可不是排園　此外更何表

送別

君去海灘遊　布谷唳日暮
獨酌想念君　他日相思來

百髮

我的頭上雪　　春風吹不辦
流年那可駐　　百鬢不禁長
流淚喝独酌　　明月來相照
得月郎带憶　　詩酒白姨身

滅月

看青春泛舟　　聽海水骗声
念逝去青春　　向去青剩白
心情還青春　　偷前歳月了
沒堵時光流　　我要再回来

漢挐山

地挐河漢山　　將去遠天咫尺的
鵲橋俱対仙潭近　烏道相通帯座閑
三千里誰高等　　萬八年来不老顏
毎召江南遊賢客　登臨盡日却忘還

人生

生年不滿百　　常懷千歲憂
死后堆多金　　生前一樽酒
銀行錢不我錢　　錢愛慨布施
上了年紀的錢　　決不是浪費

盃月

寒外胖斜　　庭內喧昌聲
獨酌無一起　我喝滿盃月

송별

가제가 간 이곳에서
뉘와 함께 놀 것인가?

집 밖에 나무에선
뻐꾹새 울고
날이 저물고 있는데
그대를 생각하여
혼술을 마시네

뒷날 내 생각나거든
다시 오게나

3부. 영원한 것은 없다

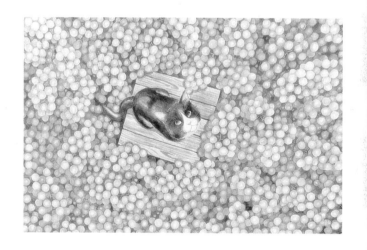

잔달

창밖에 둥근 달이
반쯤 드리우고
뜰 안엔 새들이
시끄럽게 지저귀고 있구나

함께[할 이 없어
혼술을 마시는데
술잔에 달님이
살며시 내려와 앉아
술잔에 가득 찬
달님은 술과 함께 마시리

세월

뱃놀이 하는 쌍쌍 청년들을
봐라보고 쏴쏴 밀려오는
파도 소리 들으니
지나간 청춘이
한없이 그리워진다

아, 슬프다!
청춘은 어디가고
백발만 남았구려

마음은 아직 청춘인데
세월 앞에 도독 맞았구나

흐르는 세월을
어찌 막을 수 있으리오

난, 도독 맞은 세월을
다시 찾아오리다

백발

나의 머리 위에 내린 흰 눈은
봄바람 불어와도 녹지 아니하네

흐르는 세월을 어찌 멈출 수 있으리오
백발이 자라지 않게 할 수 없어
흐르는 눈물에 홀로 술잔을 기울이는데
밝은 달이 나와서 나를 비추네

달이 뜨면 옛 생각을 가지면서
시와 술로써 내 몸을 즐겁게 하리라

한라산

땅이 은하를 당겨 산이 되었으니
장차 먼 하늘과 거리가 지척이로다

오작교와 상대하는 백록담은 가까웁고
험한 길 서로 통하매 별빛도 한가하네

삼천리 안에서 무엇이 높이가 같을까
만팔 년 이래로 늙지 않는 모습이라

매번 강남의 노리는 客들을 부르는데
산에 올라 종일 보다 돌아감도 잊음이라

삶

삶은 웃음과
눈물의 코바늘로
행복의 씨실과
불행의 날실을
뜨는 것과 같다

단풍

잘 물든 단풍은 꽃보다 예쁘다고 하지요
봄꽃은 예쁘지만 떨어지면 지저분하지요

그래서 주워가는 사람이 없답니다

그런데 잘 물든 단풍은 떨어져도 주워갑니다
때로는 책갈피에 끼워 오래도록 간직하기도 하
구요

그러니 잘 물든 단풍은 봄꽃보다 예쁜 겁니다
잘 늙으면 청춘보다 더 아름다운
황혼을 만들 수 있다는 것이지요

영원한 것은 없다

비가 내립니다
그치지 않는 비는 없습니다

바람이 붑니다
멈추지 않는 바람도 없습니다

꽃이 피었습니다
지지 않는 꽃은 없습니다

영원한 것은 없습니다
기쁨, 슬픔, 사랑도, 친구, 젊음도
심지어 내가 도저히 빠져 나올 수 없었던
같은 고통의 시간들조차도 영원하지 않습니다

다만 바람이 있다면 매 순간 열정을 다해
살다가 나의 시간이 다하는 어느 날
내가 애써왔던 모든 날들이
값진 것이었고 따뜻하게 기억 되었으면 좋겠습니다

오늘 비바람이 불어댄다고 하여
지금 내 시간이 힘들다 하여 움츠려들진 마세요

지금 내 시간이 힘들다하여 움츠려들진 마세요
조금만 지나면 어느새 비는 그치고
지금의 고단함이 추억이 되어 있음을
발견하게 될 테니까요

사람이 살다보면 별의 별 일들과 부딪치게 되지만
언제나 따뜻한 마음으로 편하게 보면서
살아가면 곱게 늙어 갈수 있다고 합니다

노화는 우리에게 피할 수 없는 과정 중의 하나
입니다

한 살 한 살 먹어갈수록 긍정적인 사고와
베푸는 마음, 사랑하는 마음만이
멋지고 아름답게 늙어가는 모습입니다

반대로 늘 불평하고 집착하는 것은
우리를 흉한 모습으로 늙어가게 만듭니다

우리 모두 세월을 인정하고 우아하게
늙어 갈 수 있으면 좋겠습니다

그리운 사람아

사랑하고도 돌아서는 너와 나는
눈물이 흘러도 바람이 불어도
그리움이 남을까?

언제나 함께 할 수 없는 날들이
아쉬웠던 시간들을 남겨두고
이제는 잊어야 할까?

당신이 나를 사랑한
그리운 사람아
아름다웠던 날들이
가슴에 남아 있을까?
언제나

오늘도 한잔 술에
그리움에 그리움을 잊고
취한 눈으로 너를 본다

이제는 잊어야 할까?
그리움을 접어야 할까?
한잔 술로 너를 잊는다

바다낚시

온 바다엔 갈매기 떼 날아드는 것도
끊기고 만경창파도 고요히 잦아들었네

외로운 돛단배 도롱이와 삿갓 쓴 영감
홀로 썰렁한 비 내는 바닷가
낚시질 하는데 바닷물에 한라산이
곱게 비추고 있구나

낚시 바늘에 한라산의 흰 사슴이 잡혔네
이 어찌 무릉도원이 아니겠는가?

달리 또 무엇을 바라리오

인생

백년도 다 못사는 인생인데
어찌 천년의 근심을 안고 살아갈까?

죽은 뒤 아무리 많은 황금을 쌓았어도
살아서 한 잔의 술 마심만 못하리라!

은행에 있는 돈은 내 돈이 아닐 수 있으리
돈과 사람이 남아 있다면 아낌없이 베풀어라!

나이 들어 쓰는 돈은 절대로 낭비가 아니리!

돈

재물은 아무리 많이 모으고 쌓아도
그 上限은 높아지지 않고
물과 같이 평평하다

분에 넘치는 재물은 옆으로 흘러넘친다.
사람이 中心이 되는 마음도 마땅히
저울처럼 곧아야(直) 한다

사후에 아무리 많은 황금을 쌓아 놓아도
생전에 한 잔 술 마심만 못하리라

해물칼국수

칼국수에 들어있는 *海物*들이
제 잘났다고 시끌 법석

해물들이 하는 소리
좀 들어보소!

첫 번째로 문어 왈
절지생물 중에
IQ가 제일 좋고
맛도 죽여줘
술안주로 끝내주네유

옆에서 듣던
새우가 목청을 높이며
정력에 나만큼 좋은 것
어디 있당게로?

내가 제일이여
최고지라!

바다 생선 중에
보양식으로 제일인

전복이 핏대를 올리며 하는 말
가관이우다

여자의 생식기와 꼭 같아
뭇 남성들이 먹고 싶어 안달하는
맛 좋고 정력에 으뜸인 내가 최고지, 최고여라!

Outsidyr로 밀려 있던 제주 막걸리 하는 말
무사 경 고롭수까?

너희들이 제 잘났다고 떠들어도
배꼽 밑에 사랑으로 유도하는 것은
나우다 나 마시!

점잖게 옆에서 듣고 있던 미역
니들 뭐라카노?
주먹을 불끈 쥐고 하는 소리
사람이 태어났을 때 産母가 제일로 먼저 먹는 게
나여 나란 말이여, 나보다 더 잘난 놈 있으면 나
오라고 해유
모두들 꼬랑지 내리고
맞습니다, 맞고요

못다 핀 노란꽃

신이시여!

바닷물이 갈라지는
모세의 기적을
내려주지 않았던
신도 외면한 팽목항

내 새끼 한번
안아주지 못하고
보낸 아쉬움에
피눈물을 펑펑 흘립니다

못다 핀 노오란 꽃들이
다시 활짝 피기 위해
누가
왜
어떻게 연출 했는지
반드시 물어야 한다

입술

술중에서
최고로 맛좋은 술은
입술

숨어서 몰래
마셔야
제 맛이 나니까

술중에
제일로 맛있는
입술만
촉촉이 적시고
왔어라

웃음꽃

내가 웃으면
세상도 웃습니다

세상이 웃으면
나도 웃습니다

웃음꽃 한 송이 꺾어
당신께 바칩니다

세상에서
가장 아름다운 꽃은

당신의
웃음꽃이라는 걸

自由時代의 외침

저 멀리서 황새들이
날아와 놀자고 하네

그 중 한 놈이
응수 터진 행운이
퇴짜를 놓네

놀자고 하자
또 다시 외면

담에서 망보고 있던
누런 고양이
미리 알고 꼬랑지 내리네

동들이 하는 말
너희 하고는 노는 물이 다르단다

난 그 물에 걸리지 않는
바람처럼 자유롭게 노는
천상천하 유아독존인
JACKON이라네

사랑

세월 앞에 사랑도
영원할 수 없기에
사랑 나눔에 인색치 말고
마음을 다해
후회 없는 사랑을 해요

사랑 사랑
내 사랑아

스치면 인연이요.
스며들면 사랑인데
어찌 촉촉이 젖어 들지 않으리오?

自由時代

본명이 自由時代
아명이 행운, 당근, 잭슨, 깔배기, 유니콘

전생에 선덕 쌓고
현생에 행복하게 살고 있는 녀석

유명 헤어디자이너에게
갈기 머리털 꼬리를
출장 이발 받는 고귀한 놈

한국인, 프랑스인, 미국인에게
사랑받는 gobai한 너

극성팬들이 올린 인터넷 검색에
상한가 치는 당신

안장에 올려 진 짐 내려놓고
자유를 구속하는 굴레 모두 벗어 버리고
그물에 걸리지 않는 바람처럼
자유롭게 살아가거라

얼마나 남았을까?

앞으로 살아갈 수 있는 날이 얼마일까?

미워하지 않고 성내지 않고
사랑하며 용서하고
행복하게 살아갈 수 있는 날이
얼마나 남았을까?

아직도 남은
슬픔, 서러움, 아쉬움
모두 태우고 不爭의 삶을
살아갈 수 있는 날이 얼마나 남았을까?

가고 싶은데 가고
먹고 싶은 것 먹고
보고 싶은 것 보고
살아갈 수 있는 날이 얼마일까?

세월은 우리네 人生을
기다려 주지 않는데

철쭉의 외침

철쭉아~ 그냥 가니?

한번 날 찍어봐
나 예쁘잖아

난, 널 위해
해맑게 웃고 있잖아

그래 알았어
미안해
지나갈 뻔 했네

찰칵~
찰카닥~

한 번 더 크게 웃어봐

어때 마음에 들어?
오늘은 이만큼만 할게
사랑해

통일

태고의 신비를 간직한
백두산 천지여
한라산 백록담이여!

양물이 合水될 날이
그 언제일까?

兩水가 합수 되는 날
백록에서 천지까지
걸어서 갈 수 있으리

그날은 민족의 염원인
통일을 이루어지는 날

남북 민족이 얼싸 안고
춤추는 뜻 깊은 날

그날을 위해 얼마나 염원하며
기다려야 할 것인가?

탐욕

동물 수컷들도 암내를 맡아야
종족번식을 위해 성행위를 하고

식물들의 수컷들도
꽃가루의 향기를 맡고
이 꽃 저 꽃
옮겨 다니며 수정을 한다

하지만 인간은 욕심을 버리지 못해
시도 때도 없이 성욕을 불태운다

어찌 누구를 탓할 것이며
어느 누가
인간의 탐욕을 막을 수 있으리오

탐라어

제주어를 탐라어로 명명 하노라

삼춘, 어제 바다에 나가
생선 많이 잡았나요?
제주어를 탐라어로 말해도 되나요?

말하라
많이 최고다

탐라여!
영원 하라!

제주어를 탐라어로 명명하노라

삼춘, 어제 바랑에 가서
생 하영, 잡았수가 마시

제주어를 골아도 데꾸오까 마심
고르라. 하영 제라단 제나한 이우다

탐라여!
영원 하라!

4부. 백원서원

버림

富(부)도 버리고
명예도 버리고
꿈도 버리고
다만 버리고 얻을 수
있다면
당신의 심장에
뜨겁게 스며들어
푸른 바다 푸른 세상을
꿈꾸게 하소서!

上善藥水

제일 좋은 것은 물과 같아
물처럼 살아가는 것이다

거울은 그대로 두고 그대의
모습을 바꾸라

마음은 사각에서 오고
이해는 사막에서 오고
사랑은 생각에서 온다

스스로 낮추어 살아가라 것이다

세상은 그대로 두고
그대의 마음을 바꾸라

장마

장맛비 멀리서
한라산 타고 폭우를 내리네

창 너머 귤나무 잎은
천둥과 번개소리에 놀라
사시나무 떨 듯 떨고
우리 강아지 무서워
집에서 나오지 않네

하늘이 열렸는가
설문대할망의 분노인가

와도 와도 끝이 없네
너무나 지겹고 짜증 나

혼술에 마음을 담아
떠나 계신 옛 님을
그리워하누나

외갓집

외갓집 가면은
허리 굽은 외할머니
뛰어나와 안아주고
늦게 왔다 역정하며
뒷산에서 따다놓은
밤 주머니 안겨줬지

외갓집에 가면
동네꼬마 다 모여서
하루 종일 장난치고
이 집 저 집 몰려다녀
밤늦은 줄 모르고
이야기꽃 피웠었지

외갓집에 가면은
날 가는 줄 모르다가
이제는 집에 가서
방학숙제 해야 하는데
내일 가라 모레 가라
꼬마들이 성화였지

땡초

몇몇 스님네들
산사에 모여
화엄경법회(고스톱) 열었네

돈 잃어 열 받은 한 스님
반야탕(술) 한 사발 할까요?

안주는 산채와 부월채(육고기)로 준비 했습죠
모두들 좋다
몬탁 좋아 마심

부월채 익는 소리
술잔 부딪히는 소리

숨어 우는 바람에 흔들리는 풍경소리
하모니가 되어 아름다운 주님 교향곡이 연주되네

술 취한 땡초들
향불(담배)연기를 쭉 빨아들여 도넛을 만들어
내쉬네
휘청 휘청 걸음으로 탑돌이(뺑뺑이)로 마무리

나무관세음보살

받들어 모십니다

오늘도 촉촉히 젖게 하소서

부어라– 마셔라

곤드레– 만드레

행운이 따르는 정말 귀한꽃 드립니다

가을비

해가 구름에 가려 어둑 컴컴
가을비가 주룩 주룩 내리고
가로수 홍엽이 떨어져
거리에 뒹구는 늦가을
아라뱃길 잔차 라이딩도 못하고
관악산 단풍놀이도 못하게 하네

빈대떡에 막걸리가
깊어가는 가을비에 안성맞춤

종로빈대떡에 홀로 앉아
술시(酒時)가 아닌 대낮부터
하늘에서 내려주신 주(酒)님의
은총을 촉촉히 받들어

주님!
어린양을 불상이 여기시어
여기서서

포철군화

찰랑거리는 포철군화 소리에
잠 못 들어 알밤을 깠던 것이
하루 이틀이 아니라

박태준 회장의 지휘봉 휘두르며 진두지휘할 때
이곳이 사회가 군대사회가
아닐까 착각이 들 정도

어렵게 들어간 좋은 직장 3개월 만에 퇴직하게 된 원인

찰랑거리는 군화소리에 대한민국의 발전이 10년
이상후퇴

군화로 짓밟고 지휘봉으로 무자비하게 때려 민
중들의
삶은 피폐해질 때로 피폐해졌다

이젠 무자비한 철권정치를 한 군사정권도 무너져
자유민주주의 대한민국이 탄생된 것이다

자유민주주의 만세
만만세 영원하여라!

공수래공수거

이승의 나그네여
가져갈 수 없는 무거운 짐에
미련을 두지 마오

빈 몸으로 와서
빈 몸으로 떠나가는 인생 또한
무겁기도 하건만
그대는 무엇이 아까워
힘겹게 이고 지고 안고 있나

빈손으로 왔으면
빈손으로 가는 것이 자연의 법칙이거늘
무슨 염치로 세상 모든 걸
다 가져가려 하나

간밤에 꾼 호화로운 꿈도
깨고 나면 다 허무하고 무상한 것
어제의 꽃 피는 봄날도
오늘의 그림자에 가려져 보이지 않는데

그대는 지금 무엇을 붙들려고
그렇게 발버둥치고 있나

발가벗은 몸으로 세상에 나와
한세상 살아가는 동안 이것저것 걸쳐 입고
세상구경 잘하면 그만이지
무슨 염치로 세상 것들을 다 가져가려 하나

황천길은 멀고도 험하다 하건만
그대가 무슨 힘이 있다고
무겁게 애착에서 벗어나지 못하나
어차피 떠나야 할 길이라면
그 무거운 짐일랑 다 벗어 던지고
처음 왔던 그 모습으로 편히 떠나 보구려

이승 것은 이승 것
행여 마음에 두지 마오
떠날 땐 맨몸 덮어 주는
무명천 하나만 걸쳐도 족 한 걸

죽음

한국남성 평균수명 82살이라네

내 나이 70세
평생 살 날 29,930일

지금까지 살아 온 날
25,550일 뺄셈하면
앞으로 살 수 있는 날
4,380일이 나온다

年으로 계산하면 12年
지나온 세월을 생각할 때
그 기간 주먹에 쥔 모래 빠져나가듯 금방 간다

월은 우리를 기다려주지 않기에
이 세상 누구도 대신 아파 주고 죽어줄 사람은
아무도 없다

서로 웃고 사랑하고
칭찬하고 살아도 짧은 우리네 인생

자고 싶으면 자고
먹고 싶으면 먹고

쉬고 싶으면 쉬고
운동하고 싶으면 하고

하기 싫으면 하지 말고
그물에 걸리지 않는 바람처럼 살다가
임종 때 아 난 후회 없이 잘 살았다

이젠 죽어도 願(원) 없다를
외치며 죽음을 맞이하자

화음

귤 밭에서 아침을 여는 새소리
와

갯바람에 몸을 흔드는 나무
소리들

자구리공원 앞 예그리나에서
마주한 예그리나에서 마주한
우리들

아름다운 노래와 악기소리에
화음을 만든다

다른 音(음)이지만
콜라보 소리는

각양각색의 서로 다른 우리가
만나 속삭이는 뜨거운 사귐이라

OK

昨天也 OK

今天也 OK

明天也 OK

어제도 OK
오늘도 OK
내일도 OK

종말

AI의 발달로 러다이트(기계파괴) 운동이 시작되었다

현재 AI가 할 수 있는 일
로봇을 이용한 전쟁을 할 수 있고

로봇을 이용한 중환자 수술도 가능 하고
몇 년 전 길병원에서 로봇이
수술한 것과 인간이 수술한
상태를 비교해 볼 때 로봇이
상대적으로 우월함을 임상 실험을 통하여 확인 되었고

시 소설 수필 등 여러 문학
작품을 자작할 수 있어 시인
소설가 수필가 필요 없는 세상이 온다

미술도 서양화 동양화 등
여러 장르의 그림을 그릴 수
화가도 필요 없게 되고

관련 자료를 입력하면 소장
처방전이 출력되어 변호사

의사, 세무사, 변리사, 관세사 등
전문직이 필요 없게 되고

최근에 시도된 관현악을
로봇이 지휘자로
성공적인 관현악을 연주해
세상을 깜짝 놀라게 했다

현재 일본에서 실행되고 있는 호텔관리업무인
주차에
주차에서 퇴실과 체크인 체크아트까지 사람하나
없이
관리할 수 있고 심지어는 로봇이 팁까지 챙길 수
있다

따라서 인간이 할 수 있는 일은 제한적 일 수밖에
없다

역기능으로 AI에 정신적인 부문을 불어넣어 주면
이 모든 것을 인식해 인간을 지배하게 돼
지구의 종말을 맞이할 수밖에 없다

백원서원

아리랑 아라리요
백원서원 언제 세웠던가?

아리랑 아라리요
그 누가 철폐했던가?
아리랑 고개고개
얼마나 넘었던가

아리랑 아라리여
지금 복원에 열심히네

아리랑 아라리요
그 노래에 恨을 담아
아리랑 고개고개 넘으며 살아왔네

아리랑 아라리요
복원되는 희망안고
아리랑 아라리요
그 노래에 힘이 솟네

아리랑 그 장단에
얼싸안고 살아왔네

아리랑 아라리요
언제 백원서원 복원되리

아리랑 아라리요
백원서원 복원 가까웠네

아리랑 아라리요
배원서원이여
영원하라!

바둑

흑돌과 백돌이 부딪쳐
충돌할 땐 전쟁이 일어나고

흑백이 화해해 소강상태 땐
평화가 이루워진다

죽은 자가 다시 살아나는 것은
예수 바둑 남자의 성기라 한다

예수는 3일 만에 부활했고
바둑과 남자의 거시기는
시시때때로 부활한다네
인생사 새옹지마

인생은 바둑판과 같이
전쟁과 평화가 공존해

선택과 집중으로 승리를
쟁취하는 전쟁터
승리와 패배로 기쁨과 슬픔이
교차하는 바둑판

나는 전쟁터 바둑판을
즐기고 사랑한다

사랑

사랑은 혼자 할 수 없기에
하모니를 이뤄야 영원한 사랑을 할 수 있습니다

사랑하는 마음은
존재에 대한 나와의 약속입니다

끊어지지 않은 믿음의
날실에 이해라는 구술을
꿰어놓은 염주처럼 바라 봐 주고
마음을 쏟아야 하는 관심입니다

사랑은 나를 위하여 하는 것
상대를 배려하고 용서하는 것이기에
당신은 나의 천국

당신만을 영원히 사랑하리라

예그리나

음악과 시와 아름다운
이야기들이 무대에 올려지는 일요무대
시와 음악의 열정으로
아름다운 흔적을 남기는 솔동산 음악회

그리운 사람들과 정을 나누는 미술전람회
행복바이러스가 전염 되어 퍼지는 예그리나여
영원한 사랑으로 울려 퍼져라

돈

돈은 요술쟁이
죽은 사람도 살리고
산 사람도 죽이는
마법의 위력이 있네

사람 나고 돈 낳지!
돈 나고 사람 낳은 건 아니어라

건강할 때 있는 돈은 자산이지만
죽은 뒤에 있는 돈은 유산이지
돈에 노예가 되는 삶이 아닌
돈의 주인이 되는 삶이
행복한 삶이 아닐까요?

財上平如水
人中直似衡
辭談徐載設

술상

술 좋은데 안주가 부실하면
(객)이 주(안주)에 대한 결례

안주가 좋은데
술 질이 떨어지면 주(술)에 대한 모독이요

안주 좋고 술 좋고
뽀얀 얼굴에 붉으스레 진달래 꽃 핀
여인의 풍악소리
천상의 술상이어라

얼씨구나 좋다
화자 좋을 씨고
술맛 난다 술맛 나
곤드레 만드레

술과 친구

술도 익어야 제 맛이 나고
친구도 오래 묵어야

숙성된 된장 맛나고
밥은 뜸이 푹 들어야

구수한 맛이 나듯이
인생도 노릇노릇 익어야
완숙한 맛이 난다네

주식

주식으로 5억 이상 벌은 이야기를 하겠습니다

주식으로 돈을 번다는 건 그리 쉽지만은 않다
주식으로 나도 많이 까먹었다
기관투자자나 외국인의 정보에 뒤지기에 주식을
하는 게 전주와 고리만 돈을 딸 수밖에 없다

당시 경제상황이 좋지 않은 상황으로 주가지수가
1200에서 250으로 다운되어 이때 삼성전자 500주
와 포스코 유한양행 등 망하지 않을 주식을 샀다

주가지수가 내려가다 한번 반등할 때 70만원에 매입
8개월 만에 2배로 올라 매도 수익이 수수료를
제외하고 3억 이상 벌었다

리먼부라더스 때 2억 이상 벌었다

5억을 종자돈으로 제주도 부동산에 투자하여 부
동산(현재시가) 150억이 되었다

이젠 제2의 리먼부라더스 사태가 예상됩니다

발표는 되지 않았지만 미국 은행의 2/3가 파산
으로 리런부라더스 사태는 반드시 오게됩니다
미국 금리인상과 은행의 파산으로 주식의 폭락
이 예상됩니다

주식을 매입할 절호의 기회가 왔습니다
기회는 여러 번 오지 않습니다
실탄이 많으면 많을수록 수익이 많아요

이번의 기회를 잡아 잃은 것을 방가이 할 수 있
길 기대하겠습니다

순이

봉숭아 물 들인 손에
네이브 클로버 반지를

끼워준 그리운 님 순이는
언제 오시나 ?

뜸북뜸북 뜸부새가 울면
서울 간 우리 오빠와 같이 올래나?

봉숭아 물 지워지고
네이브 클로버 꽃
시들면 올래나?

달빛 고운 선착장에
홀로 앉아

그리운 님 순이
기다리다 지쳐
오늘도 잠 못 이룬다

아~ 그리운 님 순이야
아~ 그리운 님 순이야!

결혼 반대

교제한지 2년이 넘도록 남자가 결혼하자는 말을 하지 않아서 초조해진 여자가 결혼 이야기를 꺼냈 더니 남자는 못 들은 척 떨떠름한 표정을 지으며 외면했습니다

이대로는 도저히 안 되겠다 싶어서 여자가 남자 에게 따졌습니다

여자 : "도대체 결혼하자는 말만 나오면 왜 피하 는 거예요?"

남자 : "집안에서 반대가 너무 심해서 결혼 말을 꺼내지도 못해"

여자 : "부모님이 아니면 도대체 누가 반대를 해요?"

남자 : "…… 내…… 마누라가……"

개구쟁이

장마 끝난 앞 도랑에
고기잡이 법적인데
너는 막고 나는 품고
이리 뛰고 저리 뛰네

개구쟁이 온몸에는
진흙으로 범벅일세

논바닥 얼음판에
나무 썰매 지치다

서투른 운전 솜씨
물구덩이에 빠졌으니
개구쟁이 모닥불에
핫바지를 말리누나

중년 고생

초년, 중년, 말년의 인생살이
나만큼 중년에 고생한 사람 있을까?
경제적 어려움으로 차도 없이 곰팡이 피고
비가 오면 물이 고이는
빌라 지하방에 세를 살았지

어떠한 희망이 없어 잘살을 시도
평암방죽에 가 신발을 벗어 유서를 남기고
두 손을 합장하고 뛰어들려는데
신의 음성 '넌 지금은 안 돼!
지금 죽으면 너의 미완성 작품을 남겨 놓기에
아깝고 天秋'의 恨을 풀지 못하느니라!'

신발을 고쳐 신고 죽음에서 탈피해
새 희망을 갖고 열심히 근면하게 살았다

말년의 인생살이 패 풀렸다
성공했다
행복하다

<수필>

취직

대학 졸업 후 지금으로 부터 48년 전 취직시험 볼 때 일이다 그 당시는 서울에서 전국의 수험생들이 모여 시험을 통해 신입사원을 뽑았다.

그 때 직장 중에 잘 나가던 포스코에 지원해 홍익대학교에서 시험을 치르게 되어 있었다. 직장이 좋아서 80명을 뽑는데 1300여명이 응시해 꽤 경쟁률이 높았다. 합격할 수 있는 가능성이 낮아 시험 전날 도서관에서 공부하는 친구들과 새벽3시까지 술을 마시다 집에 들어와 3~4시간 눈을 붙이고 청주에서 서울로 가는 고속버스를 타고 시험장에 가까스로 도착했다.

그 당시 수성 사인펜으로 시험을 치렀는데 급이 오는 바람에 수성 사인펜을 챙겨오지 못해 무척

당황되고 얼떨결에 뒤에 앉은 수험생에 수성사인 펜 한 자루를 빌렸다. 그 분이 하는 말이 "시험 보러오는 사람이 수성사인펜도 챙겨 가지고 오지 않는 사람이 어디 있느냐?"라는 꾸지람을 들었다.

시험 과목이 영어 전공(법학) 논문으로 비몽사 몽간 시험을 치르고 나왔다, 경쟁률이 높다보니 세 과목 중 영어가 특별히 어렵게 출제되어 합격 은 기대 하지 않았다.

며칠 후 합격자를 발표하는 중앙지에 내 이름이 실려 있지 않은가? 이젠 부모님의 돈이 아닌 내가 벌은 돈으로 양복도 맞춰 입고 친구들에게 술과 밥도 사고 여행도 갈 수 있어 기분이 날아갈 듯 좋았다.

입사를 했는데 수성사인펜을 빌려준 사람은 보 이질 않아 좀 섭섭했다. 지금 생각해 보면 모든 일을 할 때 철저한 사전 준비와 신중을 기해야 한 다는 교훈을 얻었다.

그 때 수성사인펜을 빌려준 이름 모르는 친구 지금 죽었는지 살았는지 무엇을 하고 살고 있는지 모르지만 늦게나마 감사드리며 건강하고 행복하게 사시길 간절히 기도하겠습니다.

〈수필〉

퇴학

　고교 2학년 때 사건이다. 그 당시 시내 고교 전부 통합조직인 '수양버들회'라는 명칭으로 15명(여학생 4명)으로 난 캔틴으로 등극했다.

　하는 일은 학교 파한 후 우리 하숙집에 모여서 기타치고 노래 부르고 흥이 나면 그 때 유행하던 개다리춤을 추며 키폰로리 불러 주위사람들의 잠을 못 자게 했지.
　일요일엔 그 당시 청소년금지 여고시절 영화가 자유극장에서 상영해서 몰래 우리 수양버들회원 15명을 이끌고 들어갔지.

　한참을 보는데 교련 선생님이 밖으로 나오라고

부르는데 오금이 절여 어떻게 왔는지도 몰랐다.

가는 날이 장날이라고 시내 고교 선생님들이 합동 검열 단을 구성하여 들어 닥친 거여.

그 당시 우리 학교에 교장선생님(이토 히로부미)의 엄한 교칙으로 퇴학이다.

난 앞이 보이질 않았다. 조직의 대표로 극장을 째비로 들어간 죄로 내일 학교에 가면 퇴학을 각오했다.

다음 날 학교에 갔더니 교련 선생님이 부르더니 "모든 것을 불문에 부치겠으니 조직을 해산하고 공부나 열심히 하라"고 하더군.

어떻게 하겠는가. 퇴학당하지 않으려면 "네 그렇게 하겠습니다. 고맙습니다."

하고 후 '수양버들회' 회원 전원을 소집해 해산명령을 내렸다. "오늘부터 조직을 해산하고 학생답게 생활하자."

이건 조직 캔틴의 명령이다.

<수필>

인형의 비밀

무심코 거리를 지나가다 무척 허름한 인형집을 보게 되었다. 인형가게에는 무섭게 생긴 주인 할머니가 계셨지만, 예쁜 인형들이 너무 많았다. 난 그 중 아기 모양의 인형에게 너무나도 끌렸다.

"할머니, 이 인형 참 예쁘네요. 얼마예요?"

할머니는 인형을 한참동안 바라보더니 무심한 표정으로 말했다.

"이 인형은 싸게 8,000원까지 줄 수 있지만, 한 가지 부탁할 것이 있네."

난 왠지 모를 섬뜩함을 느꼈지만, 그러기엔 인형이 너무 예뻤다.

"부탁이란 게 뭔데요?"

할머니는 조금 망설이다가 이내 말했다.

"그 인형의 발바닥을 절대 봐서는 안 되네. 절대로! 절대로 보면 안 돼. 무서운 일이 생겨!"

난 순간 소름이 끼쳤다.

'사지말까?'라고 생각도 했지만 결국 그 인형을 사고야 말았다.

그리고 내 방 책상에 인형을 놓아두었는데 웬일인지 인형이 자꾸 날 쳐다보고 있는 것만 같은 느낌이 드는 것이었다. 너무나 무서웠고, 꿈도 사나웠고 그러면서 할머니가 절대 보지 말라고 했던, 발바닥이 너무나 궁금해졌다. 몇 번을 망설이다가 결국 살짝 발바닥을 한 번 보고야 말았다. 그리고 난 기절할 정도로 놀라서 뒤로 자빠지고 말았다

인형의 발바닥에는.

·

"Made in China"

"정가 1,000원"

<수필>

병고(病苦)

　평소에 건강하고 밥도 잘 먹고 소화도 잘 되어 대변도 가래떡으로 쭉쭉 빠졌던 필자가 지난해 5월에 위암판정으로 수술을 한지 1년 2개월이 흘렀다. 그 당시 청천병력과도 같은 위암판정으로 '病苦'와 함께 내가 죽은 뒤에 재산문제 친구문제 가족문제 등으로 많은 고민에 시달려야 했다.

　모든 살아있는 생명체는 生老病死(태어나서 늙고 병들고 죽는다)라는 절대 진리를 피해 갈 수 없다. 단지 시간상으로 빠르고 늦을 뿐이다. 그래서 병과 싸우는 것보다는 순순히 받아들이기로 했다 고통을 받아들이지 않기 위해서 애쓰는 것보다는 받아들이는 쪽이 훨씬 편하고 쉬웠다.

病床山野 病中三昧란 말은 자연의 산이나 들이 수행의 장소이듯 이 병상에 드러눕는 것도 수행의 하나라는 의미입니다. 건강할 때는 맛보지 못했던, 병에 걸려야 만이 배울 수 있는 인생의 의미를 느껴 보라는 의미이기도 합니다. 병마로부터 도망치지 말고, 병마를 속이려 하지 말고, 병마와 친숙하게 대면해서 병마가 들려주는 자연의 소리에 기울이는 것입니다.

어떤 평론가는 매우 병약한 사람이었는데 그는 인간의 불행, 말하자면 고뇌를 인간정신의 자각을 위한 조건으로 지적하는 것이 중요하다며 '병이 지니고 있는 세 가지의 공덕'을 다음과 같이 말하고 있습니다.

1. 생명력의 자각을 느낄 수 있다. 병에 대한 저항력으로서의 건강성이나 정신의 저항력을 자각할 수 있다.

2. 자연과 인생에 대한 섬세한 감정을 기를 수 있다. 마음을 유연하게 하여 사물의 슬픔을 알 수가 있다.

3. 무엇인가에 기도하거나 의지하려는 마음이 일어난다. 폐결핵이라는 병고에 시달리다가 목숨

을 잃은 어떤 시인이 병중에 남긴 <기러기의 목소리>라는 詩 기러기의 목소리를 들었다.

기러기의 허공을 가로지르는 목소리는 저 끝없는 우주의 깊이와 같다. 나는 나을 수 없는 병을 지니고 있기 때문에 그래서 기러기의 목소리를 들을 수 있는 것이다.

나을 수 없는, 사람의 병은 저 끝없는 우주의 깊이와 같다. 병을 앓고 있던 그가 들은 기러기의 목소리는, 건강한 사람은 들을 수 없는 자연의 소리이자 인간 본연의 내면의 소리입니다. 그가 기러기의 목소리를 이해할 수 있었던 것은 '病' 덕분입니다.

목숨은 항상 불을 때고 있는 것 같은데 무엇을 기뻐하고 무엇에 웃으랴. 나의 수명은 하늘에 맡기고 병은 의사에 맡기고 마음은 나 자신에 맡기고 살아 가려합니다.